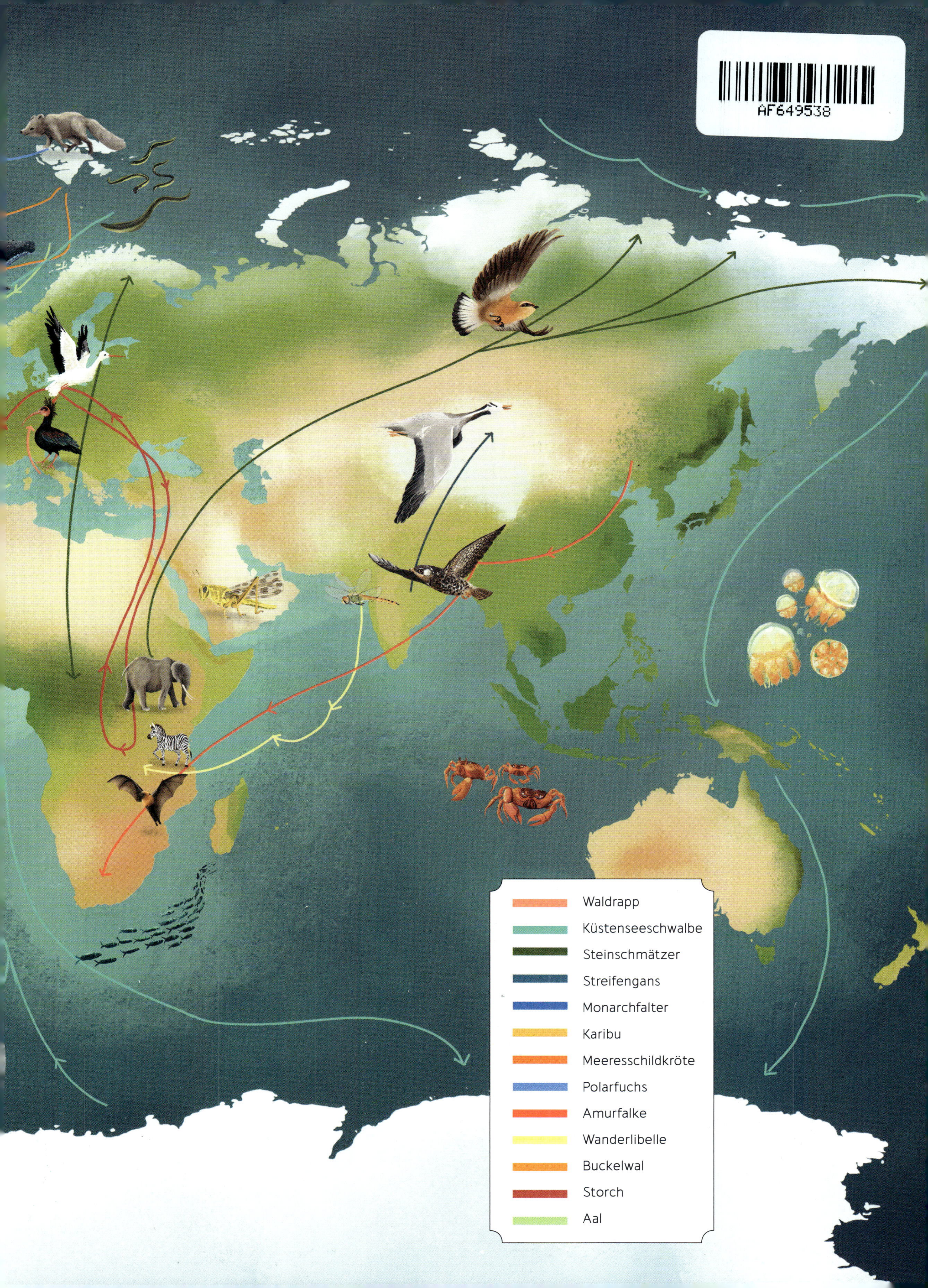
Waldrapp
Küstenseeschwalbe
Steinschmätzer
Streifengans
Monarchfalter
Karibu
Meeresschildkröte
Polarfuchs
Amurfalke
Wanderlibelle
Buckelwal
Storch
Aal

ANKE PETERSON · LISA RAMMENSEE

Wilde Wanderer

FOLGE DEN TIEREN AUF IHREN ABENTEUERLICHEN REISEN

CARLSEN

Unterwegs

Wir Menschen verreisen gern. Meistens aus Neugierde. Oder aus Abenteuerlust. Wir wollen entdecken, wie es woanders aussieht. Und dabei etwas erleben, was wir zu Hause nicht machen können. Mit Reisegepäck, Proviant und einem Zeitplan für die Ferien machen wir uns auf den Weg. Und achten darauf, dass wir sicher hin- und zurückkommen.

Auch viele Tiere begeben sich auf Reisen. Zu jeder Zeit sind Millionen von ihnen unterwegs. Sie fliegen, schwimmen, krabbeln, kriechen, rennen oder stampfen ihrem Ziel entgegen. Allerdings suchen sie keine Abenteuer.

Ihre Reisen sind anstrengend und lebensgefährlich. Doch es gibt gute Gründe, sich auf den Weg zu machen: eine Familie gründen, Futter finden oder vor der winterlichen Kälte fliehen.

Wenn Tiere reisen, sprechen wir von Tierwanderungen – auch wenn nicht alle zu Fuß unterwegs sind. Lass uns herausfinden, wo die Tiere auf Touren sind. Wir begleiten einige von ihnen auf ihren fantastischen Reisen in der Luft, an Land und im Wasser.

Inhaltsverzeichnis

Reisen in der Luft

Reisen an Land

Reisen im Wasser

Reisen mit System

Doch woher wissen die wilden Wanderer, wohin ihre Reise geht? Wie finden sie den Weg? Schließlich haben die Tiere keine Landkarten und auch keine Handys mit Navigations-App. Woher kennen Vögel die richtige Flugroute? Was führt Wale zu ihrem Ziel im dunklen Ozean? Forschende gehen dieser Frage schon lange nach und haben herausgefunden, was für meisterhafte Pfadfinder die Tiere sind: Sie nutzen verschiedene Methoden, um zu navigieren. Dazu müssen sie zuerst wissen, wo sie überhaupt sind. Und dann, in welche Richtung sie wandern wollen.

Dabei kombiniert jedes Tier die Orientierungshilfen, die am besten zu seiner Reise passen: Einige orientieren sich vor allem am Stand der Sonne oder der Sterne. Sie nutzen die Himmelskörper als Kompass. Das geht natürlich nur, wenn keine dicke Wolkenschicht den Blick versperrt. Andere Tiere suchen die Umgebung nach besonderen Markierungen, so genannten Landmarken, ab. Sie wissen zum Beispiel, dass sie bei einem bestimmten Berg oder Fluss abbiegen müssen. Um eine bestimmte Richtung einzuhalten, richten viele Tierarten ihre Reiseroute am Magnetfeld der Erde aus. Unser Planet ist nämlich tatsächlich ein riesiger Magnet. In der Nähe der Pole sind die Kräfte am stärksten. Wir Menschen können sie nicht spüren. Aber viele Tiere schon! Manche Tiere nutzen zur Orientierung auch die Gerüche von Landschaften, denn zum Beispiel riechen die Alpen anders als das Schwarze Meer.

Den Tieren auf der Spur

Früher fragten sich die Menschen, wo die Zugvögel den Winter verbringen. Fliegen sie zum Mond? Sitzen sie in den Bäumen und verwandeln sich in Äste? Oder warten sie unter der Eisfläche eines zugefrorenen Sees auf den Frühling? Es gab eine Menge Ideen. Aber nichts davon stimmte! Inzwischen ist klar: Viele Vögel, die den Sommer in Europa verbringen, überwintern im Süden.

Um mehr über die Reisen der Tiere zu erfahren, nutzen Menschen heute jede Menge Technik. Ganz genaue Daten über die zurückgelegten Strecken liefern uns winzige GPS-Sender. Vögel, Landtiere aber auch Meeresbewohner werden damit ausgerüstet. Mit kleinen, an das jeweilige Tier angepassten Gurten befestigen Forschende die Minigeräte am Körper der Tiere. Manche Sender werden je nach Tierart auch als Ohrstecker oder elektronischer Fußring angebracht. Einige sind so klein und leicht wie eine 1-Cent-Münze.

Tiertracking funktioniert genauso wie die Ortung auf einem Handy: Die Sender schicken laufend Daten zum Standort der Tiere an einen Satelliten oder an eine Bodenstation.

Von dort werden sie an Forschungsstationen gesendet. Dann werden alle Informationen ausgewertet, zum Teil mit erstaunlichen Ergebnissen. Mithilfe dieser Technik wird deutlich, welche Strecken die Tiere zurücklegen, wo sie unterwegs sind, wie es ihnen auf der Reise geht und wie lange sie dafür brauchen.

An den Geräten für das Tracking wird immer weiter getüftelt. Sie werden in Zukunft noch kleiner und leichter werden, damit bald auch winzigste Tiere einen Sender tragen können.

Und sie sollen noch mehr und bessere Daten sammeln. Schon jetzt können einige von ihnen Wetterberichte und Fotos von den Reisen der Tiere liefern. Wer weiß, was die Zukunft noch bringt?

Reisen in der Luft

Scheinbar mühelos bewegen sich Vögel, Fledermäuse und Insekten durch die Luft: Sie überqueren Berge, Täler und sogar das offene Meer. Manche von ihnen fliegen Tausende Kilometer am Stück. Oft sind sie tagelang ohne eine einzige Pause in der Luft. Einige ahnen ihr Reiseziel schon, wenn sie auf die Welt kommen, sie bekommen die ungefähre Flugrichtung von ihren Vorfahren vererbt. Anderen wird der Weg von ihren Eltern oder Artgenossen gezeigt.

LANGSTRECKE

Ab in den Süden

Schon im Mittelalter beobachteten die Menschen, wie sich die **STÖRCHE** im Herbst aus dem Staub machten. Erst im Frühling kamen sie wieder zurück. Dann jubelten die Menschen und feierten den Beginn der warmen Jahreszeit. Aber sie rätselten lange, wo die Störche den Winter verbrachten. Vor rund 200 Jahren kehrte einer dieser Vögel mit einem Pfeil im Hals zurück nach Norddeutschland. Die Waffe war aus tropischem Holz geschnitzt. Seitdem ist klar: Die Tiere fliegen im Herbst weit in den Süden – bis ins ferne Afrika.

Auf ihren Reisen nutzen Störche zwei beliebte Wege in den Süden. Beide führen am Mittelmeer vorbei. Die Strecke im Westen verläuft über Spanien, die im Osten über die Türkei und Ägypten. Man nennt die Tiere deshalb Westzieher und Ostzieher.

Westzieher **HANS ALBERT** hat keine Lust auf eine extrem lange Reise. Genau wie viele andere Vögel fliegt er im Winter nach Spanien. Das ist in zehn Tagen zu schaffen. Auf den Müllkippen in der Nähe der großen Städte gibt es jede Menge zu fressen. Warm genug ist es auch und er ist früher wieder im Norden.

HANS ALBERTS REISE:
(Flugroute West: Spanien – Norddeutschland)
Reisedauer: 11 Tage
Reisestrecke: 2.200 Kilometer

Die Entfernung von Flügelspitze zu Flügelspitze nennt man Flügelspannweite. Bei Störchen können das bis zu zwei Meter sein.

Störchin **EVA** ist Ostzieherin. Das verraten ihre Trackingdaten. Den Winter verbringt sie in Tansania. Das ist mehr als 8.000 Kilometer von ihrem Nest im Norden Deutschlands entfernt! In einem Gebiet in der Nähe des Victoriasees gibt es reichlich Futter. Für die Reise in den Süden braucht sie mehrere Wochen. Aber sie kommt gut voran. Manchmal fliegt sie 500 Kilometer an einem Tag. In der Sahelzone im Tschad legt Eva die erste große Rast ein und bleibt einige Woche dort. Dann zieht sie weiter Richtung Süden. Den Rückweg fliegt Eva ohne längere Aufenthalte. Wegen der weiten Strecke ist sie später als Hans Albert zurück im Norden.

EVAS REISE:
(Flugroute Ost: Tansania – Norddeutschland)
Reisedauer: 51 Tage
Reisestrecke: 8.000 Kilometer

Steinschmätzer

SUPERFLIEGER

Höhenflüge, Rekorde und Familientreffen in Übersee

AUF NACH AFRIKA! Besonders weite und gefährliche Reisen unternehmen die **STEINSCHMÄTZER** aus Kanada. Die kleinen Singvögel wiegen nur so viel wie ein Schokoriegel, sind aber unerschrockene Langstreckenflieger. Vom Osten Kanadas fliegen sie 3.500 km quer über den Atlantik nach Europa und von dort aus weiter nach Westafrika. Am Ziel angekommen, treffen die Steinschmätzer ihre Verwandten aus Europa und Asien. Die haben alle eine kürzere Anreise, obwohl sie unterwegs die gesamte Sahara überqueren, die größte Wüste der Welt. Forschende wunderten sich: Andere nordamerikanische Singvögel überwintern in Südamerika. Sie sparen sich die weite und gefährliche Ozeanüberquerung. Warum flattert der kanadische Zweig der Familie Steinschmätzer trotzdem nach Afrika? Bei den Vögeln handelt es sich um Einwanderer, die sich nach der letzten Eiszeit neue Brutgebiete im Norden Kanadas suchten. Anscheinend steuern sie aber noch immer die angestammten Reiseziele ihrer europäischen Vorfahren an.

Küstenseeschwalbe

96.000 KILOMETER pro Jahr. Das ist der Flugrekord der **KÜSTENSEESCHWALBE**. Sie verbringt den Sommer in der Nähe des Nordpols. Die Tage sind lang, es gibt weniger Eis auf dem Meer und sie findet jede Menge Futter. Im Herbst, wenn es dunkler und kälter wird, reist sie in Richtung Südpol. Denn nun beginnt dort bald der Sommer. So pendelt der Vogel zwischen der Arktis im Norden und der Antarktis im Süden. Zweimal im Jahr fliegt sie die weite Strecke. Meistens entlang der Küsten.

9.000 METER HOCH können manche **STREIFENGÄNSE** fliegen, wenn sie das Himalaja-Gebirge überqueren und dabei die höchsten Berge der Welt unter sich lassen. Kaum ein anderer Vogel verirrt sich in diese Höhe. Dort oben gibt es nur wenig Sauerstoff. Auch die Vögel halten es nicht sehr lange in der dünnen Luft aus. Der Flug der Streifengänse gleicht deshalb einer Achterbahnfahrt. Es geht rauf und runter. Sie fliegen nur so hoch wie nötig. Der Höhenflug ist irre anstrengend. Einigen Tieren wurden kleine Messgeräte angelegt, sie zeigen uns, wie oft die Vögel mit den Flügeln schlagen, um voranzukommen. Und wie stark ihr kleines Herz wummert, damit das Blut im Körper kreisen kann. Trotzdem unternehmen die Streifengänse diese Reise sogar zweimal im Jahr. Denn das Gebirge liegt nun mal zwischen ihren Brutgebieten im Norden und ihrem Winterquartier im Süden.

Streifengans

Da kommen sie wieder! Millionen **MONARCHFALTER** mit leuchtend orangen Flügeln erreichen die Wälder. Es sieht aus, als hätte jemand eine Konfettikanone abgefeuert. Von Ende Oktober bis Anfang November treffen die Schmetterlinge in Mexiko ein. Sie haben eine bestimmte Baumgruppe als Ziel. Genau die nämlich, auf der im Jahr zuvor ihre Urgroßeltern geschlüpft sind.

FAMILIENAUSFLUG

Intelligenter Reiseschwarm

Die kleinen Schmetterlinge haben eine lange und weite Reise hinter sich. Jedes Jahr im September starten die Monarchfalter im Norden der USA. Bis zu 100 Kilometer Strecke schaffen sie am Tag, bis sie endlich in Mexiko ankommen. Sie sind leicht wie eine Briefmarke. Und doch fliegen sie 4.000 Kilometer weit, um ihr Reiseziel zu erreichen. Eine Rekordleistung für die kleinen Langstreckenflieger!

Wenn sie im März zurück in den Norden fliegen, ist alles anders: Dann gibt es längere Pausen.

Die Schmetterlinge bekommen Nachwuchs und lassen ihre Kinder die nächste Etappe reisen. Bis auch sie anhalten und Eier legen. Schließlich kommen die Urenkel oder sogar die Ururenkel der in Mexiko gestarteten Monarchfalter im Norden an. Sie sind dann diejenigen, die sich im Herbst wieder auf den Weg in den Süden machen.

Der Stand der Sonne und ihr Magnetsinn helfen den Flugkünstlern, ihr Reiseziel zu finden. Wie sie es aber schaffen, sogar genau die richtigen Bäume anzufliegen, ist noch immer ihr Geheimnis. Forschende glauben, dass die Schwarmintelligenz – also das gesammelte Wissen aller Monarchfalter – den Tieren hilft, ihr Ziel anzusteuern. Ein einzelner Schmetterling könnte das eher nicht.

Bis vor Kurzem gab es noch keine Sender, die leicht genug waren für Monarchfalter. Deshalb bekamen jedes Jahr Tausende der Tiere einen kleinen Aufkleber. Jeder davon hat einen eigenen Zahlencode. Eine spezielle Internetseite sammelt Informationen dazu. Wer einen Falter mit so einem Sticker entdeckt, trägt dort Codenummer und Fundort ein. So helfen sehr viele Menschen mit, um mehr über die Schmetterlinge zu erfahren.

HUNGER

Fresstour im Reisekleid

Unterwegs fressen die Tiere auch Pflanzen, die ihnen vorher gar nicht geschmeckt haben, die aber dafür sorgen, dass sie für manche Fressfeinde zu einer giftigen Mahlzeit werden.

WÜSTENHEUSCHRECKEN sind Einzelgänger. Eigentlich. Sie leben allein und fressen, was in ihrer Umgebung zu finden ist. Bei feuchtem Wetter legen sie ihre Eier in den Boden und sorgen für Nachwuchs. In Jahren, in denen es besonders stark regnet, bekommen sie so viele Kinder, dass es eng wird und das Futter nicht reicht. Und plötzlich geschieht das, wovor sich alle Bauern in Afrika fürchten. Die Tiere verwandeln sich: vom hellbraunen Einzelgänger zum leuchtend gelben Schwarmtier. Fast so, als würden sie sich für ihre Reise eine Warnweste anziehen. Tarnung ist nicht mehr nötig. Die dicht zusammenlebenden Tiere machen sich gemeinsam auf den Weg zu neuen Futterquellen.

In riesigen Schwärmen gehen die Wüstenheuschrecken auf Fresstour. Millionen oder sogar Milliarden Heuschrecken fliegen gemeinsam los. Bis zu 130 Kilometer am Tag. Immer in die Richtung des Windes. Auf ihrer Reise hinterlassen die Insekten eine Spur der Verwüstung. Wo auch immer sie landen, fressen sie jedes Blatt, jede Frucht und jeden Halm. Sie lassen nichts übrig. Jedes einzelne Tierchen futtert täglich so viel, wie es selbst wiegt. Eine Wüstenheuschrecke hat das Gewicht eines Gummibärchens: gerade mal zwei Gramm. Das klingt wenig. Doch ein kleinerer Schwarm von 40 Millionen der gefräßigen Insekten vertilgt am Tag etwa so viel wie 35.000 Menschen.

Wann die Wüstenheuschrecken starten und wohin sie fliegen, ist schwer vorauszusehen. Mit einer speziellen App sammeln Menschen in Afrika deshalb Daten. Wer einen Schwarm entdeckt, meldet den Standort übers Handy. Die Software ermittelt eine mögliche Flugroute und Reisegeschwindigkeit. Einige Bauern können mit der App gewarnt werden, bevor die Insekten auf ihren Feldern landen. Manchmal helfen auch die Daten anderer Tiere bei der Vorhersage. Etwa wenn das Tracking zeigt, dass sich viele besenderte Störche zusammen an einem Ort in Afrika aufhalten. Das verrät den Menschen, dass dort massenweise hungrige Wanderheuschrecken zu finden sind. Für die Störche ist das eine üppige Mahlzeit in Gesellschaft. Für die Menschen ist die Versammlung ein Warnsignal.

DURST

Ausflug an die Saftbar

Auch Millionen **PALMENFLUGHUNDE** sind als riesige Reisegruppe unterwegs. Jedes Jahr ab Ende Oktober treffen sie sich im Kasanka-Nationalpark im afrikanischen Land Sambia. Sie kommen aus den Nachbarländern angeflogen und gehen zusammen wochenlang jede Nacht auf Fress- und Sauftour. Dies ist eine der größten Säugetierwanderungen der Welt.

Tagsüber hängen sie in den Bäumen und schlafen. Aber kurz vor Sonnenuntergang werden sie munter. Dann flattern die Fledermäuse im Schwarm dorthin, wo haufenweise Beeren zu finden sind. Sie fressen die Früchte und trinken den süßen Saft. Das ist so lecker!

Nach ein paar Wochen ist die Fruchtsaison vorbei und die Palmenflughunde verlassen Kasanka. Doch eins ist sicher: Nächstes Jahr treffen sie sich genau hier wieder.

Palmenflughunde sind die großen Verwandten der Fledermäuse. 80 Zentimeter Flügelspannweite sind keine Seltenheit. Den Namen Flughund verdanken sie der Form ihrer kleinen Schnauze.

FLUGVERSPÄTUNG

Rückreise mit Umweg

Möwen gehören ebenfalls zu den Vögeln, die es im Winter gerne warm haben. Deshalb fliegen viele von ihnen im Herbst von ihrem Sommerrevier an der Nordseeküste in den Süden. Manche reisen bis nach Afrika. Andere suchen sich ein schönes Winterquartier in Spanien.

HERINGSMÖWE HARRY ist eine von ihnen. Die Gegend in der Nähe der spanischen Stadt Sevilla gefällt ihm: Bei warmem Wetter und reichlich Futter lässt sich der Winter dort gut aushalten. Forschende beobachten seine Reise, denn Harry und einige andere Möwen aus dem Brutgebiet an der Nordsee sind mit Sendern ausgestattet. Als sie die Reisewege der Vögel untersuchten, staunten die Experten: Harrys Flugroute zeigte eine seltsame Schleife.

Was war passiert? Im März startete Harry seinen Rückweg in den Norden. Eine Woche später war er über dem Atlantik unterwegs. Das Wetter war mies und der Flug anstrengend. Harry brauchte eine Pause. Deshalb landete er auf einem Schiff. Die ganze Nacht hockte er an Bord und schlief. Am nächsten Morgen wachte Harry frisch und erholt auf. Gut gelaunt hielt er den Schnabel in den Wind. Doch dann bemerkte er es: Das Schiff fuhr Richtung Süden. Da kam er doch gerade her! So musste er die ganze Strecke, die er mitgefahren war, gleich noch einmal fliegen und ist mit reichlich Verspätung im Norden angekommen.

Heringsmöwe Harry ist einen halben Meter groß. Wie sein Name verrät, futtert er gerne Fisch. Vor allem Heringe. Aber auch Krabben, Würmer … und Chips.

Und die Forschenden entdeckten noch etwas: Die Daten der Sender zeigten, dass die Tiere aus der Kolonie auffällig oft weite Tagesausflüge unternahmen. Sie besuchten immer denselben Ort. 65 Kilometer weit entfernt! Was wollten die Möwen da bloß? Die Lösung des Rätsels ist einfach: Dort steht eine Kartoffelchips-Fabrik. Und jede Menge Chipskrümel landen dort auf dem Müllhaufen. Von diesen Ausflügen können die Möwen gar nicht genug bekommen.

INSELHOPPING

Reise mit Verfolgungsjagd

WANDERLIBELLEN machen ihrem Namen alle Ehre. Denn auf ihren Wanderungen reisen sie von Kontinent zu Kontinent. Forschende glauben, dass die Insekten jedes Jahr einen Rundflug von Asien nach Afrika und zurück unternehmen. Das sind 10.000 Kilometer! Für eine Libelle allein ist das zu weit. Deshalb legen die kleinen Flugkünstler unterwegs Eier und überlassen ihren Kindern den nächsten Teil der Reise. So geht es bis nach Afrika. Den Rückflug nach Asien übernimmt dann eine einzige Generation. Diese Tiere beherrschen den Langstreckenflug.

Für die Reise über den Indischen Ozean müssen die Libellen die Winde nutzen, die Richtung Afrika wehen. Nur aus eigener Kraft würden es die Leichtgewichte nicht schaffen. Viele kleine und große Inseln machen es den flatternden Insekten etwas einfacher. Sie bieten immer einen schönen Platz, um sich vom Flug auszuruhen. Dabei haben die Libellen nicht die leiseste Ahnung, dass sie verfolgt werden.

Auch der **AMURFALKE** fliegt von Asien nach Afrika. Der kleine Raubvogel startet im August im Osten des asiatischen Kontinents. Er überquert zuerst China, fliegt dann an den Bergen des Himalajas entlang, bis er den Indischen Ozean erreicht. Dort beginnt die letzte Etappe seiner Reise ins afrikanische Winterquartier. Einmal quer über das Meer. Der Falke richtet es so ein, dass er gleichzeitig mit den Insekten reist. Sein Lieblingsreiseproviant sind nämlich Wanderlibellen. So ist auch er von Insel zu Insel unterwegs. Und findet immer einen leckeren Happen.

BEGLEITFLUG

Pfadfindertour mit Ziehvater

Wer hat schon mal etwas vom **WALDRAPP** gehört? Einige kennen ihn vielleicht aus dem Zoo oder aus dem Fernsehen. Aber noch bis vor vierhundert Jahren lebten diese Zugvögel auch bei uns. Doch unsere Vorfahren liebten Waldrapp-Braten und jagten die Tiere. So lange, bis keiner der Vögel mehr übrig war und sich niemand an sie erinnerte oder wusste, wie sie ausgesehen haben. Wirklich wilde Waldrappe gab es lange Zeit nur noch in Marokko.

Seit einigen Jahren sind sie aber auch wieder in Süddeutschland und bei Salzburg zu sehen, denn vor einigen Jahren haben Forschende aus Österreich und Deutschland ein besonderes Projekt gestartet, bei dem Waldrapp-Küken von Menschen aufgezogen werden.

Waldrapp-Weibchen **GOJA** war 2009 das jüngste von elf Küken, um die sich Ziehvater Markus kümmerte. Ihren menschlichen Papa erkannten sie immer – an seiner Stimme, seinem Aussehen und an dem gelben Hemd, das er stets trug. Markus lebte viele Monate eng mit den Waldrapp-Jungen zusammen. Die Vögel vertrauten ihm und folgten ihm überallhin.

Im Spätsommer wurden die Tiere unruhig. Zugvögel spüren, wenn es Zeit wird, sich auf den Weg zu machen. Auch GoJa wollte unbedingt los. Aber sie hatte keine Ahnung, wohin. Junge Waldrappe lernen von erfahrenen Artgenossen, wo ihr Winterquartier ist. Auf ihrer ersten Reise fliegen sie ihnen einfach hinterher. Aber was ist, wenn nach vierhundert Jahren niemand mehr da ist, der ein Wintergebiet kennt?

Im Projekt übernahmen deshalb Menschen die Reiseleitung. Papa Markus hob mit einem kleinen Ultraleichtflugzeug ab und flog seinen Ziehkindern voraus. GoJa und die anderen folgten ihm brav. Gemeinsam erreichten sie die Toskana in Italien. Dort gibt es auch im Winter genug Futter für sie.

Für den Rückweg nach Norden brauchte GoJa ihren Ziehvater nicht mehr. Jetzt kannte sie ja selbst den Weg. Schon im nächsten Herbst war sie die Anführerin einer kleinen Waldrapp-Reisegruppe. Mit drei Jahren folgten ihr ihre eigenen Jungen in die Toskana.

Reisen an Land

Sieben Kontinente gibt es auf der Erde. Sie ragen aus dem Meer heraus. Sie sind das Land. Die Oberfläche unseres Planeten kann so unterschiedlich aussehen: Mal gibt es dicke Eispanzer, mal staubige Wüsten. Hohe Berge, flache Ebenen, Wälder und Felder wechseln sich ab. Und dann sind da die Städte der Menschen. Sie nehmen immer mehr Platz ein. Doch in jedem dieser Lebensräume gibt es Tiere, die auf Reisen gehen. Sie wandern, krabbeln oder kriechen zu ihrem Ziel.

Gruppenreisen, Wegelagerer und Matschfüße

GNUS lieben Gras. Sie futtern fast nichts anderes.. Um immer eine frische grüne Mahlzeit zu finden, sind sie ständig auf Wanderschaft. Sobald sie eine Grasfläche abgefressen haben, ziehen sie weiter. So wandern sie das ganze Jahr und legen dabei eine Strecke von 600 Kilometern zurück. Sie laufen in einem großen Kreis durch die Serengeti. Das ist ein Gebiet im Land Tansania – mitten in Afrika. Ganze zwölf Monate brauchen die Tiere für eine Runde. Die Reise ist voller Gefahren. Deshalb wandern die Gnus alle zur selben Zeit in riesigen Gruppen wie bei Wandertagen. Hunderttausende Tiere sind zusammen auf Tour in lang gezogenen Wanderkolonnen. Und weil so eine große Herde den besten Schutz bietet, schließen sich dem Treck auch noch Tausende Zebras und Gazellen an.

LÖWEN und andere Fleischfresser hocken am Rande der Wanderstrecke. Sie sind Wegelagerer. Für sie ist die Serengeti zur Reisezeit der Gnus, Zebras und Gazellen wie ein Selbstbedienungsrestaurant. Sie warten geduldig, bis das appetitliche Futter zum Greifen nah an ihnen vorbeispaziert. Besonders riskant wird es, wenn die riesige Wanderkolonne einen Fluss überquert. Dann droht nicht nur am Ufer Gefahr: Im Wasser lauern zudem bis zu sechs Meter lange Krokodile. Auch sie hoffen auf eine üppige Mahlzeit.

Gruppenreisen dieser Art finden in allen Erdteilen statt. In Nordamerika wandern die **KARIBUS**. Sie sind Verwandte der europäischen Rentiere und echte Marathonläufer. Mehr als 1.300 Kilometer legen sie zwischen Sommer- und Winterquartier zurück. Sie suchen die Gegenden auf, in denen sie Futter finden und ihre Jungen zur Welt bringen können. Aber sie flüchten auch vor den Mücken. Karibus können die kleinen Blutsauger kein bisschen leiden. Deshalb verbringen sie den Sommer im Norden, wo es den Mücken zu kalt ist.

Forschende haben die Senderdaten von Tieren aus verschiedenen Herden untersucht. Das Verblüffende: Alle Karibugruppen starten ihre Touren gleichzeitig. Es scheint, als gäbe es ein geheimes Startsignal, das wir Menschen nicht kennen.

QUERFELDEIN

Flachlandwanderung

LUNA und ihre kleine Tochter folgen der Leitkuh. Das älteste Weibchen der **ELEFANTENHERDE** übernimmt die Reiseleitung. Sie kennt die besten Strecken und achtet auf Gefahren. Auf der Suche nach Futter und Wasser sind die Elefanten in Afrika unterwegs. Sie sind schwergewichtige Nomaden. Die Elefantenmama freut sich, mit ihrer Tochter unterwegs zu sein. Luna selbst ist als Waisenkind groß geworden. Ihre Eltern wurden von Wilderern getötet. Die großen Stoßzähne der Elefanten sind aus wertvollem Elfenbein. Leider gibt es immer noch Menschen, die deshalb Elefanten jagen und töten. Elefantenmama Luna lässt ihre Tochter nicht aus den Augen. Im Gehen kontrolliert sie die getrocknete Schlammschicht auf der Haut der Kleinen. Die schützt nämlich vor Sonnenbrand. Und vor Mücken und anderen Blutsaugern.

Viele Kilometer legen die Elefanten am Tag zurück. Dabei meiden sie Berge und sogar kleinere Hügel. Das haben Forschende herausgefunden, als sie sich die Daten der GPS-Sender genauer ansahen. Sie verglichen die Wanderstrecken mit Karten des Geländes, das die Tiere durchquert hatten, und stellten fest, dass die Dickhäuter am liebsten im Flachland laufen. Der Grund ist einfach: Ein Elefant kann so viel wie ein Kleinbus wiegen. Wenn es bergauf geht, müssen die Tiere ihr ganzes Gewicht den Hügel hinaufschleppen. Das verbraucht sehr viel Energie. Dann müssten die Elefanten noch mehr futtern. Deshalb machen sie gern einen Bogen um die Berge – auch wenn Elefanten sehr wohl Berge erklimmen können, wenn sie wollen. Oder wenn Gefahr droht.

MASSENTOURISMUS

Kribbel-Krabbel-Schlängelreisen

Eine Straßensperre für Krebse? Das gibt es nur auf der Weihnachtsinsel im Indischen Ozean. 120 Millionen **ROTE LANDKRABBEN** sind hier zu Hause. Die Krabben leben in Höhlen mitten im Regenwald. Doch im November starten sie plötzlich zu einer Massenwanderung an den Strand. Dort paaren sie sich und die Weibchen legen ihre Eier ins Meer. Vier Wochen später krabbeln Minikrebse an den Strand. Sie sind so klein wie rote Linsen. Trotzdem schaffen die Winzlinge den langen Marsch in den Wald. Mit vier Jahren sind sie alt genug, um selbst an der jährlichen Wanderung teilzunehmen. Giftige Ameisen, steile Klippen und Autos machen die acht Kilometer weite Reise für große wie kleine Krabben extrem gefährlich. Die Menschen auf der Insel versuchen, gut auf die Tiere achtzugeben.

Monatelang lassen sich die **ROTSEITIGEN STRUMPFBANDNATTERN** nicht blicken. Versteckt in Höhlen, verschlafen sie den ganzen Winter in ihrer kanadischen Heimat. Sie quetschen sich gemeinsam in ihre Quartiere. Dort sind die Temperatur und Feuchtigkeit für die Schlangen ideal. Im Mai wachen sie auf. Dann gibt es kein Halten mehr. Zehntausende Tiere schlängeln sich gleichzeitig ans Tageslicht. Sie starten ihre kilometerlange Wanderung von den dunklen Höhlen ins Sommergebiet. Es sieht aus, als sei ein großes Reptilienknäuel unterwegs. Am Ziel angekommen, weiß jede Schlange, was nach der Winterruhe zu tun ist. Zuerst steht nämlich die Paarung auf dem Programm! Danach gibt es endlich mal wieder etwas zu futtern. Das ist die erste Mahlzeit seit acht Monaten.

KLETTERTOUR

Heißes Ziel

DRUSENKÖPFE leben auf den Galapagos-Inseln. Sie werden deshalb auch Galapagos-Landleguane genannt. Manche von ihnen sind gelb, andere rosa. Mit ihren Panzerschuppen, Krallen und Stacheln auf dem Rücken sehen sie wie gefährliche Drachen aus. Dabei sind sie freundlich und essen am liebsten die Früchte der Kaktusfeige oder frischen Seetang. Für ihren Nachwuchs werden die Weibchen zu Bergsteigerinnen. Sie wandern bis zu 15 Kilometer weit, um den besten Platz zu finden. Dabei klettern sie sogar die steilen Hänge eines Vulkans hinauf bis zum Krater. Oben angekommen vergraben sie dann ihre Eier in der warmen, weichen Asche.

EISWANDERUNG

Der 100-Kilometer-Marsch

Mit kalten Füßen wandern die **PINGUINE** über das Eis in ihrer Heimat am Südpol. Sie sind auf dem Weg zu ihrer Brutkolonie. Und die ist weit weg von der Küste. Im Gänsemarsch laufen sie hintereinander. Wochenlang. Wenn es bergab geht, rutschen sie ein Stück auf dem Bauch. Bis sie an dem Ort angekommen sind, an dem die Pinguinpaare ihre Kinder bekommen wollen.

In der Dunkelheit des Polarwinters legen die Weibchen ein einzelnes Ei. Die Väter übernehmen die Aufgabe, die Eier zu beschützen. Eng aneinandergekuschelt, halten sich die Vögel warm. Die Eier balancieren sie auf ihren Füßen, damit sie nicht das Eis berühren und einfrieren.

Die Mütter marschieren währenddessen zurück zum Meer und besorgen Futter für den Nachwuchs. Zwei Monate sind sie dafür unterwegs. Zum Schlüpfen der Küken sind sie zurück und haben gleich eine Mahlzeit für die Kleinen dabei. Von nun an wandern die Eltern abwechselnd los, um Essensnachschub zu besorgen. Nach einem halben Jahr sind die Pinguinkinder alt genug, um selbst zum Meer zu marschieren.

INTERKONTINENTALTRIP

Einsame Reise

Ganz allein wandert **POLARFÜCHSIN ANNA** über das Polareis. Das Meer ist zugefroren und hat sich in eine riesige weiße Landschaft verwandelt. Anna kommt aus Spitzbergen. Das ist eine Insel, die zu Norwegen gehört. Von dort sind es nur noch 1.000 Kilometer bis zum Nordpol.

Von dieser Insel aus läuft **ANNA** los. Und stellt einen Weltrekord auf! Ihr GPS-Sender liefert den Beweis.

Auf der Suche nach Futter schafft sie in weniger als drei Monaten eine Strecke von mehr als 4.000 Kilometern. Von Norwegen bis nach Kanada. Sie reist zu Fuß von Kontinent zu Kontinent. Noch nie wanderte ein Polarfuchs in der gleichen Zeit weiter. Auf ihrer Reise durch die eisige Landschaft muss Anna sich dem Wetter anpassen. Manchmal fegt ein Schneesturm über sie hinweg. Dann macht sie eine Pause und sucht sich einen geschützten Ort. Sie wickelt

ihren buschigen Schwanz um sich herum wie eine warme Decke. Doch bald treibt der Hunger sie weiter. Sie ist eine sehr gute Jägerin und findet unterwegs genug Futter. Aber sie frisst auch gern die Reste, die die Eisbären von einer Mahlzeit übrig lassen. Das schmeckt ihr genauso gut, macht aber viel weniger Mühe.

Polarfüchse haben ein superwarmes Fell. Es hat sogar eine Extraschicht aus flauschiger Wolle. So ist Anna gut gegen die Kälte am Nordpol geschützt.

Mehr als zwei Drittel der Erde sind von Wasser bedeckt. Die Ozeane haben nicht nur eine riesige Fläche. Sie sind auch tief. 11.000 Meter unter der Wasseroberfläche liegt im Marianengraben die tiefste Stelle des Meeresbodens. Die höchsten Berge der Welt könnte man locker im Meer verstecken. Im Wasser gibt es also jede Menge Platz. Und den nutzen die Tiere für ihre fantastischen Reisen. Sie tauchen im Meer, schwimmen in Flüssen und Seen oder wandern über den Grund des Ozeans.

Reisen im Wasser

KLASSENREISEN

Rennstrecken, Party und Unterwasserläufer

Die **WEISSEN HAIE** im Nordpazifik leben gern in der Nähe der Küsten. Dort finden sie reichlich Futter. Doch irgendwann begeben sich die rund vier Meter langen Fische plötzlich auf die Reise und schwimmen weit hinaus in den Ozean. Ihr Ziel ist ein abgelegenes Meeresgebiet zwischen Hawaii und Kalifornien. Forschende nennen es das »Café der Weißen Haie«. Jedes Jahr veranstalten die Tiere hier eine fette Party. Sie tauchen weit hinab ins Meer und fressen haufenweise Tiefseebewohner. Nach der Schlemmerei im Café kehren sie an die Küsten zurück.

Auch im Meer gibt es Fußgänger. In einer langen Reihe wandern **LANGUSTEN** über den Meeresgrund der Karibik. Wie bei einer Polonaise läuft ein Tier hinter dem anderen. Die Langusten halten dabei Kontakt mit den Fühlern. Oft bilden mehr als 50 Tiere eine Kette. Sie wandern vom Strand ins tiefere Wasser, um bei Sommerstürmen nicht umhergewirbelt zu werden. Im Herbst marschieren sie wieder zurück.

Vor der Küste Südafrikas gibt es jedes Jahr im Mai ein Riesenspektakel. Dann versammeln sich viele Millionen **SARDINEN** an der Südspitze des afrikanischen Kontinents. Genau dort, wo der Atlantik und der Indische Ozean aufeinandertreffen. Sie veranstalten das berühmte »Sardinenrennen«: Gemeinsam ziehen sie in einem gigantischen Schwarm einer kühlen Wasserströmung hinterher. Am Ziel ihrer Reise angekommen, legen sie ihre Eier ins Meer. Und dafür mögen sie kein warmes Wasser. Aus der Luft ist die Reisegruppe als zehn Kilometer großer dunkler Fleck zu erkennen. Und auch unter Wasser ist das Rennen nicht zu übersehen. Das lockt jede Menge Tiere an. Wasservögel, Delfine und Haie begleiten den Schwarm. Nicht ohne zuzuschnappen. Immer wieder verspeisen sie einige der kleinen Fische. Noch hat niemand herausgefunden, auf welchem Weg die Sardinen zurückreisen. Aber im nächsten Jahr treffen sie sich wieder zum großen Rennen.

OZEANREISEN

Wanderung mit Gesang

BUCKELWAL THERESIA hat eine festgelegte Reiseroute. Jedes Jahr unternimmt sie diese Tour. Im Januar schwimmt sie von der norwegischen Küste Richtung Island. Dort wird reichlich gefuttert für die lange Wanderung in den Süden. Denn Theresia zieht es zur Walparty in die Karibik. Die warmen Gewässer sind ein beliebter Treffpunkt der Buckelwale. Schon von Weitem hört Theresia die Gesänge ihrer Artgenossen. Sie verraten, wo sie gerade sind. Oder verabreden sich so zur gemeinsamen Jagd. Männliche Buckelwale sind besonders ausdauernde Sänger. Manchmal singen sie eine halbe Stunde ohne Pause. Am liebsten Liebeslieder! Schnell finden sich Paare. Die Weibchen bringen ihre Kinder in der Karibik zur Welt. Theresia macht sich im Sommer auf die Weiterreise. Sie ist jetzt eine Mama.

Zusammen mit ihrem Baby schwimmt Theresia zurück in den Norden. Unterwegs zeigt sie dem Nachwuchs den Weg: von der Karibik bis zu den Fjorden in Norwegen. Und bringt ihm bei, wo es die leckersten Fische gibt. Im nächsten Jahr wird das Kleine die Reise alleine machen.

Auch die Walreisen werden mithilfe von GPS-Sendern erforscht. Die Sender der Buckelwale gehen leider oft verloren. Theresia ist die erste, die ihr Minigerät während der gesamten Rundreise behalten hat.

TAGESAUSFLUG

Sonnenbaden in der Südsee

Millionen **GOLDENE QUALLEN** leben in einem einzigen Salzwassersee. Er liegt auf einer Insel, die zur Republik Palau in der Südsee gehört. Jeden Tag ihres Lebens unternehmen die glibberigen Tiere dort denselben Ausflug. Von morgens bis abends folgen sie dem Sonnenschein auf der Wasseroberfläche. Sie vermeiden das Wasser im Schatten. Denn dort lauern feindliche Seeanemonen. Denen gehen die Quallen lieber aus dem Weg.

TAUCHTRIP

Auf und ab im Ozean

Unzählige Kreaturen der Tiefsee sind jede Nacht unterwegs. Weil sie Futter suchen oder vor gefräßigen Feinden flüchten. Es ist eine der größten Tierwanderungen der Erde. Am späten Abend schwimmen die Meeresbewohner in Richtung Wasseroberfläche. Doch bevor es hell wird, machen sie sich auf den Weg zurück. Dabei reisen sie auf und ab wie mit einem Fahrstuhl. Bis zu 500 Meter legen Tiefseetiere wie **LATERNENFISCHE**, **RUDERFUSSKREBSE** oder **QUALLEN** pro Strecke zurück.

RUNDREISE

Mit dem Panzer durchs Meer

Reisen haben bei den **MEERESSCHILDKRÖTEN** seit Urzeiten Tradition. Die Tiere schwammen schon durch die Ozeane, als es noch Dinosaurier gab. Unterwegs wissen sie immer ganz genau, an welchem Punkt auf der Welt sie sich befinden, denn Meeresschildkröten haben einen eingebauten Magnetkompass.

Sobald sie aus dem Ei schlüpfen, speichern sie ihren Geburtsort ab. Ganz egal, an welchem Strand der Erde sie zum ersten Mal ins Wasser wandern. Diesen Ort vergessen die Tiere niemals. Viele Jahre später krabbeln sie als erwachsene Schildkröten an diesen Strand zurück, um dort selbst ihre Eier im Sand zu verbuddeln. Bis es so weit ist, schwimmen sie Tausende Kilometer im Kreis. Sie lassen sich dabei von der Meeresströmung mitnehmen.

Der Golfstrom im Atlantik ist der perfekte Antrieb für eine Rundtour. Zum Luftholen kommen die Schildkröten an die Oberfläche. Aber gefuttert wird unter Wasser: Seegras, kleine Krebse, Tintenfische oder Quallen stehen auf dem Speiseplan.

Die Meeresschildkröten sind als gepanzerte U-Boote unterwegs. Aber sie sind nicht allein. Auf ihrem Rücken hocken unzählige Winzlinge. Kleine Garnelen, Würmer und Larven genießen die Freifahrt. Wie auf einem Floß reisen die Passagiere mühelos durchs Meer.

Die Tiere mit dem dicken Panzer sind echte Schwergewichte. Eine ausgewachsene Meeresschildkröte kann 160 Kilogramm wiegen. Fast so viel wie zwei Männer.

SÜSS & SALZIG

Rückkehr nach Saragossa

Eine ganz besondere Seereise unternimmt der **EUROPÄISCHE AAL**. Sein Babyzimmer befindet sich in der Saragossasee. Das ist ein großes Meeresgebiet im Atlantik. In schattigen Unterwasserwäldern aus Seetang schlüpfen die Aale aus dem Ei. Schon als Larven beginnen sie ihre große Tour. Mit der Meeresströmung reisen sie rund 5.000 Kilometer bis zu den Küstenregionen Europas. Noch sind die jungen Tiere klein. Sieben Zentimeter lang ist der schmale Fischkörper. Von den Küsten verteilen sich die Aale auf die Flüsse und Seen. Sie können sich sogar kurze Strecken über feuchtes Land schlängeln. Viele Jahre leben die Aale im Süßwasser der Flüsse. Tagsüber ruhen sie sich im Schlamm aus oder schlafen unter Steinen. Nachts bekommen sie Hunger. Sie fressen Würmer, Insekten, kleine Krebse und die Eier anderer Fische. Bis die Aale richtig ausgewachsen sind, dauert es viele Jahre. Dann packt sie das Fernweh. Für den eigenen Nachwuchs zieht es sie zurück ins Meer und viele davon nach Saragossa. Also schwimmen sie von den Flüssen ins Meer und Tausende Kilometer durch den Atlantik. Sobald sie in ihrem früheren Babyzimmer angekommen sind, legen sie ihre Eier ab. Die Lebensreise der alten Aale endet hier. Doch ihre Kinder beginnen schon bald ihre eigene Tour.

Reisewarnung

Langstreckenflüge um den halben Globus, Wanderungen durchs Gelände oder Marathonschwimmen im Meer: Die Reisen der tierischen Erdbewohner sind anstrengend und gefährlich. Du hast in diesem Buch einige der Tiere kennengelernt, die auf unserem Planeten unterwegs sind. Sie alle müssen wandern, um sich vor Hunger und Kälte zu schützen. Oder um einen Ort zu finden, an dem sie ihre Kinder auf die Welt bringen können. Für viele von ihnen gibt es unterwegs einen gemeinsamen Feind: den Menschen. Die Tiere werden gejagt, weil sie etwas Wertvolles besitzen wie die Eltern des Elefantenmädchens Luna. Oder weil sie als Leckerei gelten wie einige Zugvögel. Das Waldrapp-Weibchen GoJa kehrte deshalb von einem Flug nach Italien nicht zur Forschungsstation zurück.

Wir Menschen haben großen Einfluss auf die Reisen der Tiere. Immer weiter rücken wir in ihre Lebensräume vor. Mit Bauwerken, Stromkabeln oder Plastikmüll im Ozean sorgen wir für neue Gefahren.

Deshalb ist es wichtig, besser zu verstehen, wo, wann und warum die wilden Wanderer unterwegs sind. Beobachtung, Genforschung und Tracking helfen Forschenden dabei, mehr zu erfahren. Besonders wichtige Hinweise liefern die Daten der kleinen GPS-Sender. Zum Beispiel erfahren wir so, wie die Tiere Routen und Reisezeiten anpassen, wenn sich auf der Erde das Klima verändert.

Das Wissen aus der Forschung hilft auch, die Wandergebiete besser zu schützen. Zum Beispiel im Ozean. Seit das »Café der Weißen Haie« entdeckt wurde, gilt das Meeresgebiet als Weltkulturerbe. Das bedeutet, dass die Menschen es unberührt lassen müssen. Hoffentlich gibt es bald noch mehr Reiserouten, auf denen die Tiere sicherer unterwegs sein können.

Folge den Tieren

Möchtest du selbst entdecken, wohin die Tiere reisen? Mit dem Smartphone oder einem Computer ist das einfach.

Die **APP »ANIMAL TRACKER«** (der Name ist englisch und bedeutet Tier-Aufspürer) zeigt die Wege von vielen Tierarten, die in der Luft, an Land oder im Wasser unterwegs sind. Du kannst nachsehen, ob es in deiner Nähe Tiere gibt, die mit einem Sender ausgestattet sind. Und wer die App benutzt, darf sogar eigene Beobachtungen an die Forschenden weitergeben.

Die Reisen der Störche kannst du über die Website des NABU live verfolgen. Mit spannenden Infos zu den Reiseetappen. Auch Eva und Hans Albert sind dabei.

HTTPS://BLOGS.NABU.DE/STOERCHE-AUF-REISEN/

Von vielen anderen Tiere gibt es geheime Daten. Es wird nicht verraten, wo genau sich die Tiere aufhalten. Sonst könnten Jäger oder Wilderer sie leicht finden.

Vielen Dank für die Reisebegleitung

Für dieses Buch haben wir das Wissen von Expert:innen und Organisationen genutzt. Wir sind glücklich über die vielen spannenden und hilfreichen Informationen.

UNSER BESONDERER DANK GEHT AN:

Uschi Müller, ICARUS-Projektkoordinatorin am Max-Planck-Institut für Verhaltensbiologie in Radolfzell/Konstanz für die Informationen zu den GPS-Sendern, dem Internet der Tiere und für die wissenschaftliche Beratung.

Markus Unsöld vom Förderverein Waldrappteam für die bewegende Geschichte von GoJa. Das Waldrappweibchen wurde übrigens nach Jane Goodall benannt, die seit 2008 Ehrenmitglied des Fördervereins ist. Die Daten der zum Projekt LIFE20 gehörenden Waldrappe sind über den Animal Tracker verfügbar.

Eva Fuglei vom Norwegischen Polarinstitut. Sie schickte die Fakten und Routendetails zur Reise von Polarfüchsin Anna direkt von einer Forschungsreise.

Amy Fraenkel und ***Florian Keil*** von der Convention zum Schutz wandernder Wildtiere der Vereinten Nationen – Convention on the Conservation of Migratory Species of Wild Animals (CMS) – für ihr Feedback, ihren Support und für das Zitat auf der Umschlagrückseite.

Kai-Michael Thomsen, NABU-Storchenexperte und Blogger. Seine »Störche auf Reisen« lieferten die Daten von Eva und Hans Albert.

Save the Elephants (STE) für die Informationen über die in Kenia wandernde Elefantenkuh Luna.

James Cheshire und ***Oliver Ubert***, die in ihrem Buch »Die Wege der Tiere« u. a. die vom Team Life-Watch des belgischen Forschungsinstituts für Natur & Wald geteilten GPS-Daten der Möwen in fantastische Karten verwandelten.

MIX
Papier | Fördert gute Waldnutzung
FSC
www.fsc.org
FSC® C018236

Wir produzieren nachhaltig
- Klimaneutrales Produkt
- Papiere aus nachhaltigen und kontrollierten Quel en
- Hergestellt in Europa

Völckersstraße 14–20, 22765 Hamburg
Idee, Konzept und Text: Anke Peterson
Illustration: Lisa Rammensee
Fachliche Beratung: Uschi Müller, ICARUS, Max-Planck-Institut für Verhaltensbiologie, Radolfzell/Konstanz
Redaktion: Caroline Jacobi
Gestaltung und Satz: Gunta Lauck
Produktionsmanagement: Anja Bergmann
Lithografie: Margit Dittes Media, Hamburg
ISBN: 978-3-551-25160-2

SHARK CAFÉ